La Cité labyrinthe

Christian Grenier

Christian Grenier est né à Paris en 1945. Il est l'auteur de nombreux récits, essais et romans de science-fiction. Ancien professeur de français, il a souvent partagé sa passion avec ses élèves. On lui doit une cinquantaine de romans destinés à la jeunesse.

Julien Famchon

Né en Essonne en 1977, Julien Famchon a suivi les cours de l'École des Arts décoratifs de Strasbourg. Il illustre maintenant des bandes dessinées et des albums, notamment pour les éditions Bayard, La Martinière et les Humanoïdes Associés.

Dépôt légal : mars 2009
ISBN : 978-2-7470-2812-7
Loi du 16 juillet 1949 sur les publications destinées à la jeunesse.

La Cité labyrinthe

Une histoire écrite par Christian Grenier
illustrée par Julien Famchon

bayard poche

1
Le Boulier du hasard

Pol était donc en train de mourir. Lui aussi s'était perdu dans notre cité sans en découvrir la Sortie. Il ne reviendrait jamais ici, dans le Haut Refuge, cette immense caverne de béton où tous les Internes s'étaient réunis, comme tous les sept jours, à midi. D'ici partaient des rues et des avenues couvertes qui, toutes, aboutissaient à des impasses ou à des escaliers effondrés.

Ce monde obscur et fermé était le seul que je connaissais : un univers clos, vertigineux – peut-être même infini ! – fait d'immeubles et d'étages empilés, dont la seule limite semblait être un interminable plafond de béton ou un dédale de souterrains étroits.

Notre chef, Dur, grommela :

– Tu as raison, Jac. Désormais, ceux qui tentent de sortir de la cité ne reviendront jamais !

Ses paroles nous glacèrent le sang. Si même notre propre chef n'avait plus d'espoir, alors, qui allait redonner du courage aux 88, non, aux 87 Internes que nous étions désormais ?

– Il est évident que la cité n'a pas d'issue, murmura Mar.

Son fils aîné, Jul, avait disparu l'an dernier, égaré dans le labyrinthe qui nous cernait de toutes parts.

– Le monde, reprit-elle, se résume à cette ville gigantesque dont nous sommes prisonniers depuis des générations !

– Faux, l'Extérieur existe ! glapit une voix chevrotante.

Cette voix, c'était celle de Viè, mon grand-père...

– Si nous sommes des Internes, c'est qu'il y a des Externes en dehors de la cité !

Viè était impotent, et si gâteux qu'on ne prêtait guère attention à ses divagations. Du fauteuil roulant où il était assis, il désigna la mince lézarde au sommet du Haut Refuge et il affirma :

– Toutes les douze heures, le mince filet de jour qui pénètre grâce à cette fissure faiblit, s'éteint, et fait place à l'obscurité. La cité n'est alors éclairée que par de rares réverbères... Oui, le monde extérieur existe, et il est mille fois plus immense que notre cité ! On y aperçoit une boule de

feu qu'on appelle le Soleil et des végétaux, des rivières, des nuages et un ciel !

– Tais-toi vieux fou, tu as lu trop de livres, déclara Dur en montrant un mur où s'entassaient de vieux volumes poussiéreux. Tu confonds ces stupides fictions avec la triste réalité !

Ces livres, moi aussi je passais mon temps à les dévorer, depuis que mon père avait lui aussi disparu, quand le Boulier du hasard l'avait choisi pour qu'il tente de trouver une sortie. Je ne pouvais penser à lui sans retenir mes larmes. Chaque nuit, dans mes cauchemars, je revoyais mon père disparaître en boitant...

Au début, je lisais des livres pour découvrir une explication à notre monde. Peu à peu, j'avais fini par croire à ces histoires qui se déroulaient dans un univers si différent du nôtre.

– Mon propre grand-père m'a souvent décrit le monde extérieur ! affirma Viè. Autrefois, les hommes pouvaient quitter la cité et y revenir sans difficulté. Plusieurs avenues débouchaient à l'air libre.

– « L'air libre » ? répéta Dur en haussant les épaules. Cette expression ne signifie rien !

– Nous étions alors des millions ! s'entêta Viè.

– Pourquoi les hommes se seraient-ils enfermés ici ? ricana Dur. Pourquoi auraient-ils muré ou oublié les issues ? C'est qu'il n'y a probablement pas d'issue, mon pauvre Viè. Tu racontes des sornettes, comme d'habitude !

Grand-père baissa la tête. Plusieurs Internes levèrent les yeux vers le dôme du Haut Refuge qui culminait à un, peut-être deux kilomètres de hauteur. Le filet de lumière qui s'en échappait n'était peut-être qu'un projecteur qui s'allumait et s'éteignait. Les salles, les avenues aveugles et les immeubles de la cité étaient truffés de dispositifs automatiques dont l'usage et l'utilité restaient incompréhensibles.

– Regardez ! cria la petite Far de sa voix aiguë.

Elle désignait l'écran où la lueur rose palpitait désespérément. Signe que Pol jouait ses dernières forces. Dur murmura :

– Peut-être qu'il s'est égaré dans le quartier des Miroirs ? Ou qu'il a rencontré la Dame Blanche ? À moins qu'il se batte contre un monstre des souterrains ?

Autrefois, les rares rescapés qui étaient revenus avaient rapporté un vague plan des artères de la cité. Certains disaient avoir erré dans une zone truffée de miroirs et de vitres. D'autres prétendaient avoir rencontré de terrifiantes créatures dans les sous-sols. Les derniers affirmaient avoir été pris en chasse par un fantôme.

Sur l'écran, la lueur s'éteignit. Aussitôt, Dur donna le signal de la prière rituelle. Comme les innombrables Internes qui l'avaient précédé, Pol avait succombé à la faim ou au froid. Il était tombé dans une trappe. Ou il s'était rompu le cou dans un escalier délabré.

Dur releva la tête. Il se dirigea vers le centre du Haut Refuge où une immense sphère transparente tournait inlassablement – et inexplicablement.

Puis il déclara, résigné :

– Nous allons procéder tout de suite à une nouvelle Loterie.

Chacun de nous ressentit le même frisson. Car notre sursis dépendait de cet inquiétant globe lumineux...

Le Boulier du hasard.

Cette mystérieuse machine, nous l'avions toujours connue. Malgré mon jeune âge, je me souvenais très bien de l'époque où elle contenait encore des milliers de perles de vie, et où le responsable de la cité lui en faisait cracher trois ou quatre à la fois. Les Internes désignés par le Boulier avalaient leur perle ; puis ils quittaient leur appartement, toujours situé dans l'un des immeubles proches du Haut Refuge. Ils partaient le plus souvent du côté du quartier des Bureaux, réputé désert et peu dangereux. D'autres se risquaient loin, très loin, dans des zones inconnues.

Les plus courageux exploraient la GAO, la Grande Avenue Obscure qui, d'après les premiers explorateurs, s'achevait sur le vide. Mais depuis deux générations, les exilés n'avaient plus le droit de revenir – sauf, bien sûr, s'ils découvraient la Sortie !

Hélas, comme en témoignait l'écran, aucun n'avait survécu.

Dur nous laissa observer les 87 perles qui tressautaient en désordre. Puis il déclencha l'ouverture de la trappe. Une des perles roula à terre.

Il la ramassa et lut à voix haute le chiffre qui y était inscrit :

– 226 662.

– C'est Viè ! s'exclamèrent d'une seule voix les Internes.

Grand-père était vieux, mais pas sourd.

Il essaya de se lever, et retomba sur son fauteuil roulant.

Des protestations fusèrent :

– Viè n'ira pas loin ! Il ne peut même pas monter un escalier !

– C'est vrai, Dur ! Procède à un nouveau tirage.

– Pas question ! s'insurgea Mar. Viè a été choisi, il doit partir !

– Mar a raison : nous devons obéir au Boulier du hasard !

Dur hurla sans pouvoir rétablir l'ordre. Alors, en trois bonds, je rejoignis le Boulier.

Au milieu du silence qui était revenu d'un coup, je déclarai :

– Mon grand-père ne partira pas. Moi, Jac, je prends sa place !

Tous furent cloués de stupeur.

J'avais agi sans réfléchir. Mais après la disparition de mon père, je n'aurais pas supporté de voir Viè, mon grand-père me quitter lui aussi. Je préférais encore partir à sa place. Aussitôt, des avis contradictoires jaillirent. Afin d'étouffer cette nouvelle dispute, Dur déclencha l'ouverture de la trappe. Son geste figea l'assemblée. On entendit l'écho de la perle qui rebondissait. Elle s'immobilisa aux pieds de Mar, qui la ramassa.

– Eh bien ? interrogea Dur.

– C'est le 847 669.

Un cri de stupéfaction s'échappa de toutes les poitrines. Car tout le monde savait que ce chiffre... c'était le mien.

Par une étonnante coïncidence qui confirmait ma décision, le Boulier m'avait choisi !

2
Préparatifs

Viè et moi avons rejoint l'appartement que nous partagions, au rez-de-chaussée de notre immeuble. D'après la loi – ou selon la tradition, ce qui revenait au même – je devais partir quand s'éteindrait le maigre filet de lumière qui filtrait au sommet du Haut Refuge. Nous possédions des montres mais, au fil du temps, elles s'étaient mises à indiquer des heures différentes ; aussi, la faible clarté du vaste lieu clos où nous nous réunissions était devenue le repère de la mesure du temps.

Grand-père fit rouler son fauteuil vers les rayonnages de notre bibliothèque ; il y saisit un épais dossier, l'ouvrit et me tendit plusieurs feuilles.

– Je vais te confier trois choses précieuses, Jac. D'abord, ces documents.

– Des plans de la cité ? dis-je en réprimant ma déception.

– Oui. J'avais donné les mêmes à ton père, l'an dernier.

À l'évocation de son fils, Viè écrasa une larme sur sa joue ridée.

Puis il ajouta :

– Mais j'avais pris soin d'en conserver des copies.

Des plans, les Internes en avaient accumulé des milliers. Mais ils fourmillaient d'erreurs. Ils n'avaient pas permis à Per de trouver la Sortie, alors à quoi me serviraient-ils ?

– Ceux-là, je les ai établis moi-même, grâce aux rapports des premiers Internes désignés par le Boulier. Ils reconstituaient le tracé de leur itinéraire. Et l'emplacement des lieux où ils avaient déniché de la nourriture et de l'eau.

Le ravitaillement était notre plus gros problème. Le Haut Refuge, notre quartier général, était proche d'un entrepôt frigorifique où l'on puisait, parmi d'informes blocs de glace, des aliments au goût fade. Deux étages plus bas, la fuite d'une canalisation laissait échapper de l'eau potable. Mais marcher à l'aveuglette pendant trois jours, c'était risquer de tomber de faim ou de mourir de soif.

Viè m'affirma :

– Les points bleus indiquent les lieux où tu devrais trouver à manger, les points verts, ceux où il y a de l'eau. Les flèches correspondent à des escaliers, les croix à des voies sans issue. Les points d'interrogation, à des galeries encore inexplorées.

– Et les points rouges, qu'est-ce que c'est ?

– Des endroits où d'autres formes de vie ont été signalées.

– Les monstres ? La Dame Blanche ?

Grand-père soupira et se contenta de me répondre :

– À mon avis Jac, ces zones sont à éviter !

– Quelles sont les deux autres choses que tu veux me confier ?

– Cette bobine de fil.

Je fis la grimace. Longtemps, les Internes désignés par le Boulier avaient emporté de longues cordes pour baliser leur parcours, si bien que la ficelle était devenue aussi rare que l'eau ! Mais ces bobines ne servaient à rien tant qu'on ne trouvait pas la Sortie.

– Elle mesure plus d'un kilomètre, ajouta Viè. Et il y a enfin cette boîte. Attention ! Entrouvre-la toujours lentement.

J'obéis. Et j'aperçus des insectes dont les ailes multicolores frémissaient. Je m'écriai :

– Ce sont des... des papillons, n'est-ce pas ?

Le mot m'était revenu d'un coup.

– Oui. Et ils sont vivants !

Jusqu'ici, je n'avais aperçu de tels insectes que sur certains livres illustrés.

– Où les as-tu trouvés ?

– Dans le coin le plus sombre du Haut Refuge. Là, j'ai une pouponnière privée ! Tu connais la faille du plafond, Jac ? Il en tombe parfois des cocons que je recueille en secret. J'ai même récupéré un ver luisant ailé. Regarde...

J'étais fasciné : un autre monde existait donc en dehors de la cité et pas seulement dans les livres.

– Tu utiliseras ce ver en premier. Pour t'orienter dans la GAO.

– La Grande Avenue Obscure ? Mais elle ne mène nulle part !

– Balivernes !

Viè sortit un ouvrage de la bibliothèque.

– Regarde ces photos. À mon avis, elles datent de l'époque où la cité fut construite. Vois-tu cet immense belvédère ?

C'était la première fois que j'entendais ce mot. Il expliqua :

– C'est un balcon géant. Il est situé à quarante étages du sol !

Il faisait face à d'autres immeubles. De là, on voyait au loin une plaine, des montagnes enneigées, un ciel, des nuages... Et en bas, tout en bas, une large voie avec des milliers de véhicules.

– On appelle ça une autoroute, reprit Viè. Vois : elle s'échappe de la cité et mène à l'extérieur.

Quant au belvédère, sa balustrade de protection a dû finir par se désagréger. Voilà pourquoi les Internes tombent.

C'était peut-être ce qui était arrivé à mon père ?

Je m'écriai :

– C'est aussi ce qui m'arrivera !

– Non. Tu progresseras lentement. Et tu auras un ver luisant. Si la photo est fidèle à la réalité, Jac, ce belvédère est une des limites de la cité. Il domine l'extérieur ! Et si je me réfère aux plans, c'est le seul lieu qui ne mène pas à un cul-de-sac. Il faut absolument que tu l'atteignes.

– Mais je devrai descendre jusqu'à... l'autoroute ?

– Oui. L'idéal serait que tu découvres un ascenseur.

De nombreux livres évoquaient ces étranges cages métalliques.

– Marche sans crainte sur la GAO jusqu'à t'écrouler de fatigue. Quand tu te réveilleras, libère le ver luisant. Car le vide sera proche. Et surtout, Jac, pose-toi souvent la question : et si notre univers était plus vaste encore ?

Cette formule, Viè me la répétait depuis l'enfance. Je n'avais jamais su dans quel livre de poésie ou de philosophie il l'avait trouvée. Peut-être l'avait-il inventée ?

– Merci, grand-père ! Dis-moi, pourquoi n'as-tu pas confié ce ver luisant à Per quand il a été désigné ?

– Les cocons n'étaient pas éclos au moment de son départ. Ah, surtout… note avec soin ton itinéraire ! Pour le retour, tu comprends ?

Le retour… Grand-père avait vraiment confiance en moi !

– À présent, tu dois partir, Jac. Il le faut. Va, je préfère rester ici.

Je me jetai dans ses bras. Il sanglotait plus fort que moi. Me serrant contre lui, il chuchota :

– Tu découvriras la Sortie, Jac ! Oui, je sais que tu reviendras !

Dur, Mar, la petite Far et les autres m'attendaient dans le Haut Refuge près du Boulier.

– Où sont tes provisions, Jac ? s'étonna le chef des Internes.

– Je préfère voyager léger, dis-je avec une fausse assurance.

Je ne portais qu'un petit sac à dos qui contenait les plans, la boîte de Viè, la bobine et de la nourriture pour deux jours.

Dur haussa les épaules. Puis, dans un geste solennel, il me tendit ma perle de vie. Je l'avalai d'un coup.

Alors, les 85 Internes se tournèrent vers le grand écran, où une lueur rose se mit à palpiter. Pourvu qu'elle ne s'éteigne jamais !

Préparatifs

D'un pas ferme, je me dirigeai vers la gueule obscure de la GAO. Des murmures désapprobateurs jaillirent :

– Pas par là !

– Il est fou...

– Où vas-tu, Jac ? me lança Dur, de loin.

Je ne pris pas la peine de me retourner pour répliquer, d'une voix qui essayait de ne pas trembler :

– Vers la Sortie !

3
Dans le noir

À la vérité, je n'en menais pas large. D'abord, j'ai marché au centre de l'avenue, sachant que mes compagnons me guetteraient jusqu'à ce que je disparaisse, avalé par l'obscurité. Les immeubles qui bordaient la GAO offraient des façades percées de baies vitrées obscures. Je savais qu'il y avait du côté gauche douze niveaux d'appartements abandonnés et, plus loin, des bureaux encombrés de mystérieuses machines, hors d'usage. Du côté droit, on trouvait surtout d'anciens magasins de vêtements et de vaisselle – de quoi fournir vingt générations d'Internes !

Dans le noir

Dans la GAO, le plafond culminait à une terrifiante hauteur. Une hauteur qui donnait la mesure de cette ville titanesque qui nous retenait prisonniers, et dont nous n'habitions sans doute qu'un minuscule quartier.

Je rejoignis le trottoir de droite, où un réverbère sur cinq diffusait une faible lumière. Puis ce fut un réverbère sur dix. Mes yeux s'habituèrent à la pénombre grandissante. Je franchis plusieurs croisements. Les rues transversales avaient déjà été explorées cent fois. Elles menaient à des impasses ou à des escaliers effondrés.

Bientôt, l'obscurité fut totale. Le cœur battant, je me forçai à avancer, attentif à d'inquiétants bruits lointains : un grondement intermittent, une goutte d'eau qui tombait du plafond, un grincement qui aurait pu être un cri... J'ouvris mon sac en aveugle et j'y puisai trois biscuits. Peu à peu, la fatigue se fit sentir ; je commençais à somnoler.

Je décidai de m'arrêter pour dormir.

À mon réveil, je crus percevoir un faible sifflement. Mais peut- être était-ce le simple bruit du silence.

Entouré de ténèbres, je n'avais plus aucun repère. Au moment de me remettre en marche, je me rendis compte que je risquais de revenir sur mes pas sans m'en apercevoir ! Je m'écriai :

– Suis-je bête... le ver luisant !

À tâtons, j'entrouvris la boîte. Je saisis le précieux insecte et le lâchai. D'abord il voleta autour de mon visage. Puis il s'éloigna. J'ajustai mon sac sur mes épaules et je le suivis.

Son infime lueur me permit de distinguer les parois

d'un immeuble proche, que je rejoignis. Le ver luisant ailé prit de la vitesse, et sa clarté devint plus vive. Je me mis à trotter pour ne pas le perdre de vue. Combien de temps dura notre course éperdue ? Impossible à évaluer ! Mais tout à coup, la vague silhouette des immeubles que je longeais disparut. Méfiant, je ralentis l'allure et m'arrêtai.

Malgré cela, de l'air courait toujours sur mon visage… oui : c'était un *courant d'air,* peut-être même du *vent* – des mots puisés dans les livres et qui ne signifiaient rien : dans la cité, l'air était immobile !

Là-bas, le ver luisant éclairait… le néant. Je me remis en marche prudemment et mon pied droit rencontra le vide !

Je reculai, saisi d'effroi. Je m'allongeai à terre et palpai le sol. Oui, le trottoir s'arrêtait, l'avenue était comme coupée au couteau ! Stupéfait, je longeai

l'arête de la chaussée en rampant, pour ne pas tomber dans le gouffre. Parfois, mes doigts rencontraient des aspérités et même plusieurs colonnes éboulées. Je bredouillai :

– Mais oui ! C'était autrefois un immense balcon !

En haut, mon ver luisant avait rejoint des centaines de compagnons. Leurs lueurs conjuguées révélaient dans l'abîme d'autres immeubles inaccessibles ! Exactement comme sur la photo que grand-père m'avait montrée. Aucun plafond, aucun sol n'étaient visibles. Mais en contrebas, existait une voie gigantesque.

– L'autoroute ! Je dois la rejoindre ! Elle mène à la Sortie !

À présent, j'y voyais assez pour me risquer sur cet interminable belvédère. Je relevai la tête et étouffai un cri de surprise.

Il y avait là des milliers de vers luisants, tous immobiles. Certains étaient minuscules ; d'autres, plus gros, clignotaient faiblement. L'évidence s'imposa :

– Ce ne sont pas des vers luisants mais... des étoiles !

Ainsi, Viè avait raison et les livres n'avaient pas menti. La cité avait une fin, et je l'avais trouvée !

Longtemps, j'écarquillai les yeux face au paysage obscur qui s'étendait devant moi : une immensité invisible que le Soleil et le jour, si les livres disaient vrai, allaient bientôt me révéler. Je revins sur mes pas et j'atteignis la façade d'un immeuble. La première porte que je franchis donnait sur un grand hall et une cage d'escalier, éclairée par de rares veilleuses.

Fébrile, je m'élançai et descendis les marches quatre à quatre. Elles se firent vite irrégulières ; il en manqua bientôt une sur deux. À plusieurs reprises, je dérapai, car le béton s'effritait sous mes pas. Les marches se transformèrent en éboulis. Je voulus ralentir, tombai sur les fesses, dégringolai... et fus précipité dans le vide !

Dans le noir

Je hurlai avant de heurter le sol et de perdre connaissance.

Quand je revins à moi, j'avais la gorge sèche, des bosses sur le front et les jambes en sang. Mais j'étais indemne. Je me relevai. Je me trouvais sur un balcon qui dominait une rue, dix étages plus bas. Ici, les étoiles n'étaient plus visibles. Hélas, j'étais donc revenu au cœur de la cité !

Au loin, un grincement régulier naquit et se précisa. Je murmurai :

– Cette fois ce n'est pas dans ma tête. Cela vient d'en bas !

Je me penchai. Et là, je crus rêver...

Au bout de la rue était apparue une silhouette fantomatique.

Elle se déplaçait très vite, au ras du sol.

– La Dame Blanche !

Quand elle passa sous moi, je vis qu'il s'agissait d'une très jeune fille ; elle était vêtue d'une robe claire. Elle conduisait un engin muni de deux roues – c'était lui qui émettait ce grincement ! Sa course était si rapide que ses cheveux volaient derrière elle. Parvenue à un carrefour, elle bifurqua et disparut.

Cette apparition m'avait moins effrayé que surpris. Ce n'était pas là un spectre, mais un être vivant ! Peut-être même une Externe puisque l'air libre était près d'ici ?

– Il faut que je la retrouve.

Cette promesse faite à mi-voix devint une obsession. J'abandonnai mon balcon, puis me repérai à tâtons dans l'appartement et rejoignis le palier. Il n'avait qu'une issue : un couloir qui descendait en pente douce. Je n'avais pas le choix, je m'engageai dans ce tunnel aux parois luminescentes.

Bientôt, il rétrécit. J'évitais de frôler les murs qui suintaient d'humidité. Ici et là gisaient des restes de nourriture pourrie. Ces lieux avaient été habités ! L'étaient-ils encore ?

Après une heure de marche, je débouchai sur un hall d'où s'échappaient trois tunnels étroits, d'aspect inhospitalier. Lequel emprunter ? Un froissement suspect me parvint de l'un d'eux. J'étais terrifié, incapable du moindre mouvement. Alors, d'un des couloirs, surgit un être de cauchemar !

4
La Dame Blanche

Bien que son visage disparût sous une barbe et des cheveux hirsutes, je sus qu'il s'agissait d'un humain. Il était vêtu de guenilles ; mais ses yeux fiévreux étaient ceux d'un fauve à l'affût. Quand il me vit, il s'élança vers moi en claudicant. Je hurlai de frayeur et je bondis dans l'un des couloirs.

J'avais beau courir, tête baissée, j'entendais son halètement tout proche. Je débouchai dans un carrefour ouvert sur de nouveaux couloirs. J'en empruntai un, toujours au hasard. Mon poursuivant se mit à hurler, c'était un appel plaintif et désespéré ; d'autres cris lui répondirent, lointains et effrayants. Je murmurai :

– Il appelle ses semblables à la rescousse... je suis perdu !

Je haletais, épuisé. Je savais que ma course allait s'achever : j'errais dans une zone inconnue alors que ces êtres monstrueux étaient chez eux. Ils allaient me cerner et me dévorer.

Soudain, j'aboutis dans un cul-de-sac ! Je m'arrêtai, hors d'haleine. Dans mon dos, les pas précipités se rapprochaient... Face à moi, j'aperçus une porte qui ressemblait à celle d'un grand placard. À côté d'elle, au niveau de mon visage, deux boutons verts clignotaient. Je compris de quoi il s'agissait :

– Un ascenseur !

J'appuyai sur le bouton du bas ; aussitôt, la porte coulissa, révélant une cage vide : je m'y engouffrai, et m'accroupis dans un angle. Trois secondes plus tard, mes poursuivants s'immobilisèrent devant moi. Ils paraissaient hésiter à me rejoindre dans cette étrange boîte. Parmi eux, je reconnus celui qui semblait être le chef. Il leva une main suppliante, s'avança en boitant et bredouilla d'une voix rauque :

– Jac ? C'est moi, ton père !

– Per ?

À cet instant, les portes de l'ascenseur commencèrent à coulisser. Je saisis la main tendue et la tirai vers moi.

– Per !

Les portes se refermèrent sur nous. Je pris mon père dans mes bras et j'éclatai en sanglots. Oui, c'était bien lui. Mais comment aurais-je pu l'identifier avec cette barbe en bataille, son allure voûtée, ces vêtements informes et crasseux ?

Lui aussi me serrait contre lui, encore plus bouleversé que moi.

– Jac, enfin ! Tu m'as retrouvé !

Faute d'instruction, la porte de l'ascenseur se rouvrit. Les autres étaient toujours là, prêts à bondir sur nous. Pour leur échapper, j'appuyai au hasard sur l'un des boutons de la cabine. Les portes se refermèrent et notre ascenseur plongea vers le sol.

– Non ! hurla mon père. Ce sont mes compagnons !

– Tes compagnons, ces êtres monstrueux ?

– Ce sont des Internes comme nous, Jac ! Mais ils n'ont pas trouvé la Sortie et n'avaient pas le droit de revenir, tu comprends ?

La vérité m'apparut : parmi ceux que le Boulier avait exilés, certains avaient réussi à survivre dans la Cité. La paroi coulissa, révélant un hall identique à ceux du quartier du Haut Refuge.

– Per, sais-tu où nous sommes ?

– Non. J'ignorais même l'usage de ce...

– C'est un ascenseur.

J'explorai les lieux. Ce grand vestibule ouvrait sur des couloirs peu éclairés. J'ouvris la boîte de Viè et lâchai un papillon. Il fila dans un couloir et nous le suivîmes. De part et d'autre, j'apercevais de hautes portes de verre et des pièces désertes encombrées de petits écrans. Tout en avançant, je sortis les plans de mon sac pour tenter de me repérer.

– J'y suis ! soupira Per. C'est le quartier des Bureaux. Prends garde, Jac, on s'y égare ! J'y ai aperçu parfois la Dame Blanche.

– Je ne crois pas que la Dame Blanche soit dangereuse, Per.

– C'est aussi mon avis ! Mais mes compagnons la redoutent, ils lui lancent des pierres. Quand elle nous voit, elle s'enfuit !

Les portes vitrées devinrent plus nombreuses. Certaines étaient ouvertes, et le papillon pénétrait dans une pièce, dans une autre. Tout à coup, je m'immobilisai. Ici voletaient non plus un mais trois, vingt, cent papillons identiques ! Et ils reproduisaient exactement les mêmes mouvements !

Devant nos yeux effarés se démenait en ordre régulier une troupe gigantesque. C'était magique ! Ou... mécanique ?

Fasciné, je m'approchai des papillons. Il n'y en avait pas cent mais un seul – le mien !

Per m'avertit :

– Attention, Jac !

Mon front heurta une paroi transparente. Je vacillai, compris et bredouillai :

– Nous sommes... dans le quartier des Miroirs !

– Pas de panique, murmura Per, revenons sur nos pas.

Je me cognai de nouveau à une vitre. Et je constatai que de l'autre côté gisait... un squelette humain ! Mon père me détourna de cette vision de cauchemar.

– Nous nous en tirerons ! m'affirma-t-il en me prenant par les épaules. Je me suis déjà égaré ici et je m'en suis sorti. Viens.

Nous explorâmes d'autres couloirs vitrés.

Soudain, je fis face à... un frère jumeau ! Per grommela :

– Ne sois pas stupide, Jac ! C'est toi, tu vois bien !

Je reculai pour distinguer, à perte de vue, cent rangées interminables de nous-mêmes : cent Jac et cent Per alignés !

– On va y arriver. Mais où est passé le papillon ?

– Il a disparu ! soupirai-je. Il est le seul à avoir su s'échapper d'ici !

– Si nous pouvions nous séparer, nous trouverions la sortie deux fois plus vite ! Dommage que j'aie perdu la bobine que Viè m'avait confiée.

– La bobine ? Mais... j'en ai une !

Fébrile, je fouillai mon sac à dos et la lui tendis.

– Attachons-nous à chaque extrémité, Jac. Et partons chacun de notre côté. Celui qui découvrira une issue tirera sur le fil. D'accord ?

J'admirai l'astuce de Per mais le quitter était un crève-cœur.

– Il le faut, m'affirma-t-il en me serrant contre lui. À bientôt, mon fils !

Je partis seul et j'errai une heure durant, me cognant à des parois de verre, revenant en arrière, évitant les miroirs qui me renvoyaient mon image déformée.

Bientôt, mort de fatigue, j'avançai les yeux mi-clos. Je butai tout à coup sur une cloison et je hurlai, terrorisé ! À dix centimètres de mon visage, un autre visage me faisait face. Cette fois, ce n'était pas le mien !

C'était celui de la Dame Blanche.

Elle leva la main pour m'apaiser, me convaincre que je ne risquais rien. De fait, une paroi de verre épais nous séparait. Et puis, elle n'avait rien d'effrayant, cette fille ! Elle devait avoir à peu près mon âge et me souriait. Elle me parlait mais je ne pouvais pas l'entendre.

Du doigt, elle me désigna une issue et m'encouragea à la prendre. J'obéis. Cependant, nous nous éloignions l'un de l'autre. Je voulus revenir sur mes pas. D'un geste, elle m'en dissuada.

De loin, elle m'indiquait les directions à suivre... Parfois, nous pouvions à peine nous voir ; d'autres fois, nous étions collés l'un à l'autre, juste séparés par l'épaisseur d'une vitre.

Ce manège me parut interminable. Au moment où le découragement me saisit, l'inconnue jaillit devant moi, en chair et en os. Elle m'agrippa la main en murmurant :

– Surtout, ne t'enfuis pas !

– Moi, fuir ? Oh non ! Je suis trop content que nous ayons réussi à nous rejoindre !

– D'habitude, reprit-elle avec amertume, les Internes me chassent à coups de pierres ! Pourtant, je cherche à les emmener à l'Extérieur. Mon nom est Zen.

– Moi, je m'appelle Jac.

– Je sais que ceux de la Cité m'appellent la Dame Blanche. C'est bizarre, car ma peau est moins blanche que la leur !

Elle vit que je regardais ses bras et m'expliqua :

– Je suis bronzée, Jac ! Comme tous les Externes. À cause du Soleil, tu comprends ?

– Le Soleil ? Il existe vraiment ?

Elle éclata de rire et j'en fus presque vexé. Chez les Internes, personne ne riait jamais – sauf Viè, qu'on prenait pour un fou.

– Et la Sortie ?

– Viens, suis-moi…

Zen me prit par l'épaule et voulut m'entraîner. Je lui montrai la bobine que j'avais en main.

– Attends. Ce fil me relie à mon père.

– Ton père ?

– Oui. Il vivait dans les souterrains avec d'autres Internes perdus.

Je tirai sur le fil. À l'autre bout, il y eut d'abord une résistance, puis la tension se relâcha. Je relatai à Zen mon départ et mes retrouvailles avec Per.

Quand il surgit, il sursauta de surprise.

– Je te présente la Dame Blanche, père. Elle s'appelle Zen.

Il lui tendit la main.

– Je suis ravi de te connaître, Zen. Et désolé de t'apparaître dans un si triste état !

– Nous sommes dans le Palais des Glaces du parc d'attraction de la cité, dit-elle. Autrefois, les gens aimaient s'y égarer.

– Étrange distraction !

Dans ce dédale, Zen se repérait avec aisance. Nous avons vite quitté le quartier des Miroirs et rejoint un espace qui ressemblait à notre Haut Refuge.

Zen nous fit entrer dans un ascenseur.

– Beaucoup sont en panne, expliqua-t-elle. Quant à ceux qui fonctionnent, les Internes ne savent pas les utiliser.

– Jac y est parvenu ! s'enorgueillit Per. Et c'est grâce à sa perspicacité que nous sommes ici !

Nous parvînmes à un étage inférieur, où s'alignaient des dizaines de cellules cloisonnées de verre à l'intérieur desquelles clignotaient d'étranges appareils munis d'un écran.

– Ce sont des ordinateurs, nous informa Zen. Autrefois, ces salles de surveillance étaient réservées à la police. Je viens souvent y récupérer du matériel.

Je jetai un coup d'œil sur l'un des écrans où une lueur rose clignotait !

– On dirait... ma perle de vie !

– Exact, approuva Zen. Et elle va bientôt s'éteindre.

– Je me porte bien, que je sache !

– Oui. Mais loin du Boulier, les perles sont privées d'énergie. Avalées, elles finissent digérées par les sucs de l'estomac !

Elle saisit un engin à roues posé à côté de l'ascenseur. C'était sur cette machine bizarre que je l'avais aperçue hier.

– C'est une bicyclette, Jac ! C'est un moyen très pratique pour se déplacer.

– Pratique, mécanique... et pas magique ! ajouta Per en soupirant. Quand je pense que tu effrayais mes compagnons !

– Si les miens refusent de revenir ici, c'est aussi parce qu'ils ont peur de vous ! répondit-elle avec amertume.

Zen me prit la main. À présent, nous marchions tous trois sur une large chaussée, bordée d'immenses immeubles. Cinq cents mètres devant nous, cette route passait sous une arche creusée dans le béton, dessinant un gigantesque demi-cercle de lumière...

La lueur devint si vive que je dus fermer à demi les yeux.

Mon cœur battait à grands coups.

Parvenu au seuil de la cité, je stoppai net, ébloui. Devant nous, s'étendait un paysage identique à celui des livres : une plaine verdoyante, une forêt, des montagnes surmontées de nuages blancs et un ciel bleu. La Sortie, le monde du dehors était là !

Je me retournai. La cité où j'étais né se révélait un dôme colossal à moitié effondré, une vague pyramide informe en ruines.

Zen nous guida jusqu'à un village de huttes, situé non loin ; à notre approche, les habitants sortirent. J'en reconnus plusieurs que j'avais crus morts. Deux d'entre eux, radieux, se précipitèrent vers moi. Je reconnus Jul et Pol.

– Jac ? C'est bien toi ?

– Ainsi, tu en es sorti !

– Oui ! Per aussi. Ah, mes amis, il faut absolument que nous allions chercher les derniers Internes !

5
La vérité

Le soir tombait. Fasciné, je murmurai :

– Mon premier coucher de soleil...

– Rassure-toi, Jac, me dit Zen en me serrant contre elle, à présent, tu en verras des milliers !

Le lendemain, en l'honneur de notre arrivée, le responsable du village, Bun, réunit tous les habitants.

Il déclara solennellement :

– Sois le bienvenu parmi les Externes, Jac !

– Et moi ? ajouta une voix rauque.

C'était Per. Propre, rasé de près et coiffé, habillé de vêtements courts qui faisaient ressortir ses muscles, il avait fière allure, même s'il avait maigri. S'adressant aux compagnons de Bun, il demanda :

– Vous qui avez regagné l'Extérieur, avez-vous percé les secrets de la cité labyrinthe ?

– Oui, acquiesça Bun. Grâce aux archives que Zen a récupérées, nous avons reconstitué son histoire… Autrefois, il y a des siècles de cela, les changements climatiques ont fini par rendre la planète inhabitable. Pour se protéger de la chaleur ou du froid, des ouragans et des raz-de-marée devenus trop fréquents, les hommes se réfugièrent dans des cités closes. Ils s'accoutumèrent à cette vie de reclus et perdirent jusqu'au souvenir du monde extérieur. Comme toutes les autres cités, la nôtre vivait en cercle fermé. Certains bâtiments étaient réservés au logement, d'autres à la production de denrées alimentaires, vestimentaires, de tout ce dont nous avions besoin, ou encore aux loisirs. Entre-temps la planète avait guéri, mais les hommes l'ignoraient ! Dans la cité, peu à peu, les machines se détraquèrent et l'énergie commença à manquer. Alors deux clans s'opposèrent : ceux qui souhaitaient sortir et ceux qui voulaient rester. Quand les premiers eurent déserté la cité, les seconds décrétèrent des lois destinées à empêcher quiconque de la quitter.

– … jusqu'à ce qu'elle devienne leur tombeau ! Et qu'un jour, désespérés, ils se décident à chercher la Sortie ! acheva Per.

– Oui, confirma Bun d'une voix sombre. Mais ils avaient perdu la mémoire de leur propre ville. Et comme elle tombait en ruines, ils en étaient devenus les prisonniers !

Il laissa peser un lourd silence.

Maintenant, la nuit était tombée. Une à une, les étoiles s'allumaient dans le ciel.

– Et vous, accusa Per en s'adressant aux habitants du village, vous ne semblez pas pressés de les aider à vous rejoindre !

– Comment faire ? se rebiffa Bun. Si nous nous aventurons dans la cité labyrinthe, nous risquons de ne jamais en ressortir ! Voilà pourquoi les lois d'ici interdisent d'y retourner.

– Ces lois, dit Per, Zen a eu le courage de les enfreindre ! Et tu fermes les yeux, Bun ! Car vous ne refusez pas les machines qu'elle vous rapporte ! Ces enfants intrépides ont montré l'exemple ! affirma-t-il en me désignant. Demain, j'irai chercher Viè, mon propre père. Ainsi que les derniers rescapés, y compris mes anciens compagnons qui errent dans les souterrains !

– Je viendrai avec toi, Per ! dis-je en me levant d'un coup.

– Nous aussi nous viendrons, ajoutèrent Jul et Pol qui semblaient inséparables.

– Et moi donc ! s'écria Zen sans me lâcher la main. D'ailleurs, je connais la cité mieux que n'importe lequel d'entre vous !

Encouragés, quinze volontaires s'avancèrent vers notre groupe.

– Et quand la cité sera vidée de ses derniers habitants, acheva Zen avec enthousiasme, nous partirons explorer la Terre !

– La Terre ? s'étonna Bun.

– Oui ! dit Zen en embrassant du regard l'horizon. Il existe d'autres cités. Là-bas, des humains ont peut-être besoin de nous.

Je désignai le ciel. Cette immensité me fascinait.

– Quant à moi, je veux répondre à une question qui me hante.

– Une question ? répéta Per. Ma foi, je crois deviner laquelle !

D'une même voix, nous avons déclamé le vieux dicton de Viè :

– Et si notre univers était plus vaste encore ?

Dans la même collection

Achevé d'imprimé en décembre 2008 par Pollina S.A.
85400 Luçon - N° Impression: L48555B
Imprimé en France